KLEINE Wohlfühl-oase

arsEdition

Gönne dir Entspannungsmomente im Alltag

Nimm dir Zeit für dich und komm zwischendurch immer wieder zur Ruhe – besonders dann, wenn es im Alltag mal hektischer zugeht. Mit diesen motivierenden Zitaten, positiven Gedanken und Inspirationen für schöne Momente kannst du dich auf all das besinnen, was dir guttut und Freude bereitet.

Es gibt
Quellen der Freude,
die nie versiegen:
die Schönheit
der Natur,
der Tiere,
der Menschen,
die nie
aufhört.
Leo Tolstoi

Warum
schaltest du
heute nicht einfach
mal einen Gang herunter
und kümmerst dich vor
allem um
dich selbst?

HYGGE-TIPP

Hygge bedeutet so viel wie Gemütlichkeit und Wohlbefinden. Um dein Zuhause so gemütlich wie möglich zu machen, kannst du einen ganz einfachen Trick anwenden: Suche dir deine Wohlfühlecken und mach dir diese noch behaglicher!
Zum Beispiel durch indirektes Licht, Kerzen, gemütliche Kissen und Decken, naturbelassene Materialien wie Holz, Leinen oder Schiefer.

Die moderne Zeit liefert
uns tausend Bequemlichkeiten,
aber keinen einzigen
warmen Platz für die Seele.

August Pauly

DIE MEISTEN
MENSCHEN HASTEN
SO SEHR NACH
DEM GENUSS,
DASS SIE AN IHM
VORBEIRENNEN.

Søren Kierkegaard

Lebe
den
Moment!

Man muss über die Freuden des Lebens
nicht viel reflektieren. Man genießt
sie besser, ohne sie zu zählen
oder zu zergliedern.

Jean Paul

Fantasiereise

Welche Landschaft fällt dir als Erstes ein, wenn du an Entspannung und Ruhe denkst? Ein Strand, die Berge, ein sonniges Tal? Nimm dir doch mal die Zeit und investiere fünf Minuten in deine Fantasiereise: Schließe die Augen und begib dich in Gedanken an diesen wunderbaren Wohlfühlort, indem du dir die Geräusche, die Gerüche, die Details der Landschaft ganz genau ausmalst. So kannst du das Gefühl, das du mit diesem Ort verbindest, wieder in Erinnerung rufen.

Aus jedem Tag
das Beste zu machen,
das ist die höchste Kunst.

Henry David Thoreau

Ein Tag voller Wunder

Der Einwand, dass man Wunder nicht planen kann, mag berechtigt sein. Aber versuche doch heute einmal, die Wunder im Alltag zu entdecken. Das Blümchen, das sich durch den Riss im Asphalt kämpft, der Sonnenstrahl, der plötzlich durch die Wolkendecke bricht.

Welche kleinen Wunder kannst du entdecken?

Das Lachen ist ein
wetterleuchtendes Aufblitzen
der Seelenfreude,
ein Aufzucken des Lichtes
nach draußen,
so wie es innen strahlt.

Dante Alighieri

Jeder Tag ist
ein neuer Anfang.
George Eliot

WIE NÖTIG IST'S, IN DER JETZIGEN ZEIT
EIN ANGENEHMES ZUHAUSE ZU HABEN.

Johann Wolfgang von Goethe

Zauberhafte Lichtinstallation selbst gemacht

Für dieses gemütliche Zauberlicht benötigst du:
eine Lichterkette, ein größeres Einmach- oder
Schraubglas, eventuell noch Naturmaterialien als Deko.
Nun kannst du die zusammengerollte Lichterkette
ins Glas legen, eventuell noch ein paar Dekoelemente
dazugeben und dein Zauberlicht
an einen geeigneten Platz in
deiner Wohnung stellen.

Entspannung bedeutet,

DAS ANZUNEHMEN,
WAS KOMMT.

Für jeden
kommt
der Augenblick,
wo alles
ausgeglichen,
alles gut ist.
Wilhelm Raabe

KEIN SELIGERER
TRAUM,
KEIN BEGLÜCKENDERES
EREIGNIS ALS RUHE,
STILLE RUHE IM DASEIN.
Bettina von Arnim

Meine NOT-To-do-Liste

Nimm ein Blatt Papier zur Hand und schreibe spontan alle Dinge auf, die du diese Woche zu erledigen hast. Wenn du dir die Liste dann noch einmal in Ruhe anschaust, überlege dir ganz aufrichtig, welche der Punkte du auch wegfallen lassen könntest. Diese streichst du einfach durch. Nun kannst du dir eine reduzierte To-do-Liste erstellen – so hast du jede Menge Zeit für dich gewonnen, die du für Entspannung, Yoga oder andere schöne Aktivitäten nutzen kannst!

Überall ist Wunderland. Überall ist Leben.

Joachim Ringelnatz

lasst uns das
LEBEN
genießen, solange wir
es nicht begreifen.

Kurt Tucholsky

Der Sinn
des menschlichen
Daseins ist
das Glück.

Aristoteles

Kleine Wohltaten **im rechten Augenblick** können für den Empfänger sehr große sein.

Demokrit

HYGGE-TIPP

Steckst du in deiner Wohlfühlkleidung? Besonders zu Hause, aber auch unterwegs ist Wohlfühlkleidung ein wichtiger Bestandteil, um sich gut zu fühlen. Dabei ist es nicht entscheidend, wie modisch die Kleidung ist, sondern dass du dich darin wohl und geborgen fühlst: bequeme Schuhe, lässige Hose, ein gemütlicher Schal oder ein kuscheliger Pulli – vielleicht in bunten Lieblingsfarben. Fühlst du den Unterschied?

Ich bin schön,
so, wie ich bin –
UND WIE ICH
MICH AM BESTEN
(ANGEZOGEN) FÜHLE.

Auch Freundschaft kann
eine leidenschaftliche
Affäre sein.
Jeanne Moreau

Der eigentliche Kern
der Freundschaft: ein Glaube,
ein Hoffen, ein gemeinsames Werk! –
Es liegt eine große Freude darin.

Annette von Droste-Hülshoff

Wenn dir etwas
am Herzen liegt –
nimm dir dafür Zeit!
So kannst du
die positiven Momente
des Lebens ganz
auskosten.

Die Seele
hat die Farbe
deiner Gedanken.
Mark Aurel

Gönne dir heute eine besondere Entspannung …

… mit einem Fuß- oder Wannenbad. Am wohltuendsten ist es, wenn du dir dazu ein ruhiges und stressfreies Ambiente schaffst. Zum Beispiel mit Kerzen, gedimmter Beleuchtung und meditativer Musik. Und auf jeden Fall mit ausreichend Zeit, um die Entspannung auch hinterher voll auszukosten.

Keinen Drachen kann
man so hoch steigen
lassen wie den
der Fantasie.

Lauren Bacall

Mein Plan
für heute:
erst einmal
nichts tun ...
... und dann
abwarten.

Das Rezept für Gelassenheit ist einfach: Man darf sich nicht über Dinge aufregen, die nicht zu ändern sind.

Helen Vita

Einen Garten zu pflanzen, bedeutet, an morgen zu glauben.
Audrey Hepburn

Mach dein Zuhause zu einer grünen Wohlfühloase!

Man muss nicht mit einem »grünen Daumen« geboren sein, damit die Zimmerpflanzen gedeihen. Hast du schon Pflanzen zu Hause? Dann setze sie doch neu in Szene, vielleicht an einen noch besseren Platz oder mit einem schöneren Übertopf. Du hast dich bisher gescheut, Pflanzen in deiner Wohnung aufzustellen?

Es gibt viele wunderschöne Pflanzen, die gar nicht so furchtbar viel Pflege brauchen, also trau dich ruhig, dir welche zuzulegen! Deine Wohnung wird einen ganz neuen Spirit bekommen, wenn du sie mit schönen Topfpflanzen teilst.

Nimm dir Zeit

für eine Pause –
vielleicht ist es
gerade das, was
du heute am
dringendsten
brauchst …

Gib den Füßen Ruhe, aber auch dem Herzen.
Aus Nigeria

Bewahre dir
deine Träume.
Die Vernünftigen
träumen nicht
so schön wie
die Verrückten.
Charles Baudelaire

Ein Traum ist
ein Lebensentwurf,
über den man sich
noch in Ruhe ein
paar Gedanken machen
möchte, bevor man ihn
verwirklicht.

Zeit für meine TEErapie

Wenn dir kalt ist, wird Tee dich erwärmen,
wenn du erhitzt bist, wird er dich abkühlen,
wenn du bedrückt bist, wird er dich aufheitern,
wenn du erregt bist, wird er dich beruhigen.

William Ewart Gladstone

Wieso gönnen wir
uns den Genuss
nicht sofort?
Wie oft wird die
Freude durch
Vorbereitungen
verdorben,
durch törichte
Vorbereitungen!

Jane Austen

Oh, das Wohlgefühl,
das unaussprechliche Wohlgefühl,
sich bei einem Menschen
sicher zu fühlen, weder Gedanken
zügeln noch Worte wägen zu müssen.
Sondern sie aussprechen
zu dürfen, wie sie kommen …

George Eliot

Mein Zuhause,

das sind die Menschen,
mit denen ich am
liebsten zusammen bin.

Wohlfühlessen

Bei welchem Essen fühlst du dich so
richtig wohl und geborgen?
Vielleicht ist es der duftende Marmorkuchen
wie bei Oma, die Bolognese nach Papas Rezept
oder der Schokoladenpudding mit Sahne?
Entdecke dein Seelenessen neu
und gönne dir öfter mal
eine ordentliche Portion davon!

Essen ist ein Bedürfnis,
Genießen eine Kunst.

François de la Rochefoucauld

Freuden,
die man anderen
macht, strahlen
auf uns zurück.

Anna Ritter

Lachen und
gute Laune
sind die
beste Mischung
für ein gutes
Miteinander.

Offline sein.
Sich Zeit lassen.
Die Welt vergessen.
Zufrieden sein.

Wohlfühltipp:

DIGITAL DETOX

Damit man sein Zuhause auch als Wohlfühloase genießen kann, tut es gut, sich immer mal wieder ganz bewusst von medialen Einflüssen abzuschirmen. Am einfachsten ist das, indem man sich ab und zu eine Zeit ohne Smartphone, Computer, Radio und TV gönnt. So kann man sich ganz ungestört seinen nicht-digitalen Lieblingsbeschäftigungen widmen.

GLÜCK IST ETWAS,
WAS MAN GEBEN KANN,
OHNE ES ZU HABEN.

Ricarda Huch

Karma-Punkte sammeln

Es gibt bestimmt etwas,
mit dem du anderen eine Freude bereiten kannst
oder das du mit jemandem teilen kannst,
der eine Aufmunterung verdient.
Sammle Extrapunkte auf deinem Karma-Konto
und sei großzügig mit dem Verteilen –
schenke anderen deine Aufmerksamkeit,
deine Zeit oder ein ehrlich
gemeintes Kompliment.

Draußen sein, die Natur erleben
und den stressigen Alltag
einfach abstreifen!

Die Seele ist wie der Wind,
der über die Kräuter weht,
wie der Tau,
der über die Wiesen sich legt,
wie die Regenluft,
die wachsen macht.

Hildegard von Bingen

Die einzige
Gesellschaft,
in der man es
aushalten kann,
ist man selbst.
Oscar Wilde

Be you – besonders in den eigenen vier Wänden

Natürlich mögen wir es alle, wenn es zu Hause schön aufgeräumt ist. Deine Wohnung sollte aber auch deine Individualität widerspiegeln – darum gib persönlichen Dingen den Stellenwert, den sie verdienen, und rücke sie doch zu Hause in ein besseres Licht. Fotos, Erinnerungsstücke aus Urlauben oder von besonderen Momenten: Umgib dich mit den Dingen, die dir guttun – dein Zuhause muss nicht aussehen wie in einem Style-Magazin.

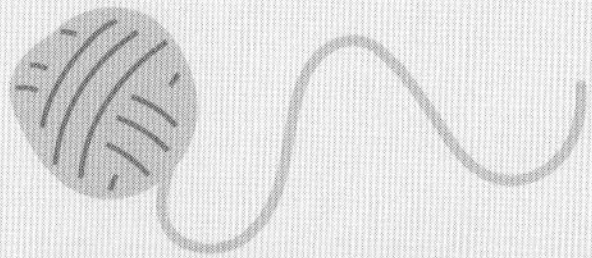

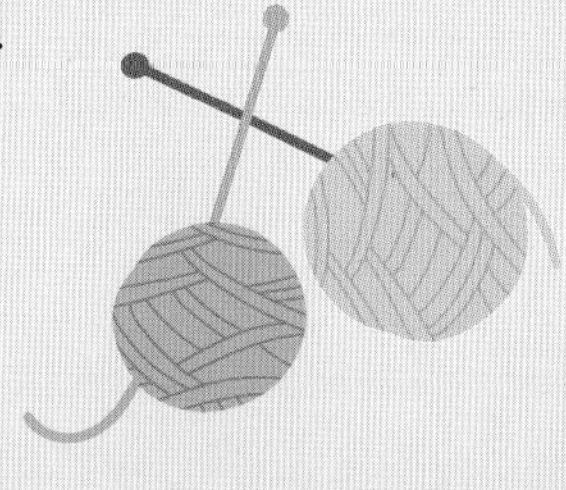

DAS SCHÖNE AM LEBEN IST,
DASS MAN FAST ALLES
ÄNDERN KANN,
WENN MAN WIRKLICH WILL.
Isa Miranda

Vertraue dem Timing
deines Lebens –

alles, was du brauchst,
kommt zur richtigen Zeit.

Man muss die kleinen Freuden aufpicken.

Theodor Fontane

Viele
Menschen versäumen
das kleine Glück,
während sie auf
das große vergebens
warten.

Pearl S. Buck

HYGGE-TIPP

Reserviere eine Stunde des Tages für dich und tue das, wozu du gerade am meisten Lust hast – auch wenn es süßes Nichtstun ist!

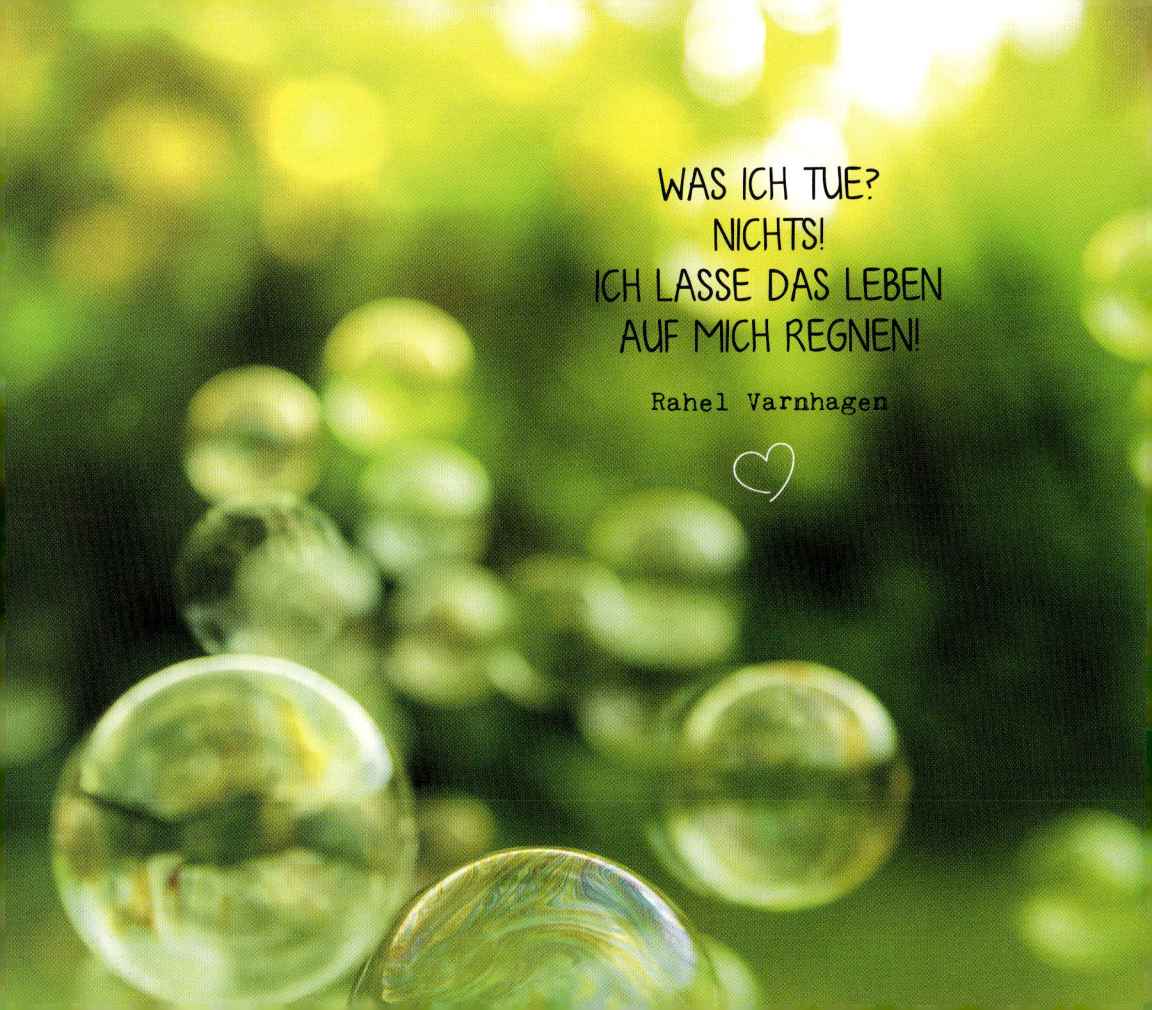

WAS ICH TUE?
NICHTS!
ICH LASSE DAS LEBEN
AUF MICH REGNEN!

Rahel Varnhagen

Lesen ist ein großes Wunder.

Marie von Ebner-Eschenbach

Lesevergnügen

Verregnetes Wochenende oder einfach
keine Lust, draußen etwas zu unternehmen?
Wenn man das Gefühl hat, sich einigeln zu müssen,
dann ist Cocooning angesagt.
Und was gibt es Schöneres, als sich auch
mal die Zeit zu gönnen, ein Buch
in einem Rutsch durchzulesen?

Kleines Glücksfazit

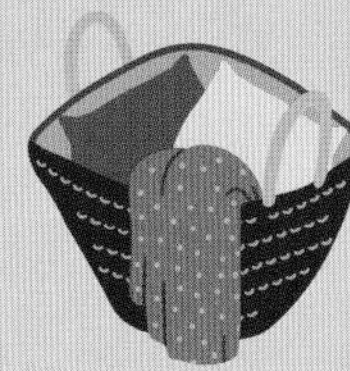

Welche Dinge sind es eigentlich, die zufrieden machen?
Gibt es verlässliche Konstanten im Leben,
die einem Sicherheit und Halt geben?
Welche kleinen Dinge sind es, die einem immer wieder
ein Lächeln ins Gesicht zaubern?
Es tut gut, sich immer mal wieder die Zeit zu nehmen,
darüber nachzudenken, was im Leben gerade positiv ist,
und daraus Stärke und Zufriedenheit zu schöpfen.

Genießen! Genießen!
Wo genießen wir?
Mit dem Verstande
oder mit dem Herzen?
Heinrich von Kleist

Mehr Zeit für alle Lieblingsmenschen

Freunde, Familie, nette Kolleginnen –
sie alle liegen uns am Herzen und wir sind
gern mit ihnen zusammen.
Warum also nicht bewusst und noch
ein bisschen mehr Zeit mit ihnen verbringen?
Es gibt unzählig viele Dinge,
die man gemeinsam unternehmen kann!

Wer das Glück genießen will, muss es teilen, denn es wurde als Zwilling geboren.
Lord Byron

Homemade Ingwer-Shot

Ein belebender Fitmacher, der deine Abwehrkräfte stärkt –
eine Portion (2 bis 4 ml) am Tag genügt.

Der Trick:

Ingwer wird roh verarbeitet und behält so
seine volle Wirkungskraft als Gesundheits-Allrounder bei.

Für ca. 10 Portionen benötigst du:

100 g Ingwer • Saft von 2 Zitronen • 100 ml Orangen- oder Mandarinensaft •
100 ml flüssiger Honig oder Ahornsirup • etwas Kurkumapulver

Ingwer schälen, in Scheiben schneiden und zusammen
mit Zitronen- und Orangensaft mit dem Stabmixer pürieren.
Honig oder Sirup ergänzen und noch einmal mixen.
Zum Schluss eine Prise Kurkuma dazugeben und die Flüssigkeit
in ein ausgespültes Schraubglas füllen. Vor Gebrauch schütteln!
Hält im Kühlschrank etwa 5 Tage.

WENN ES EINEN GLAUBEN GIBT, DER BERGE VERSETZEN KANN,
SO IST ES DER GLAUBE AN DIE EIGENE KRAFT.
Marie von Ebner-Eschenbach

Das Wichtigste ist,
dein Leben zu genießen –
glücklich zu sein –
das ist alles, was zählt.

Audrey Hepburn

Man muss
den Mut haben,
glücklich zu sein.

Gertrude Stein

EIN PAAR TIPPS
für mehr Hygge im Leben:

+ Mit seinen Lieben zusammen sein
+ Es sich zu Hause gemütlich machen
+ Zufrieden sein mit dem, was man hat
+ Die Natur genießen
+ Leckeres und gutes Essen
+ Im Jetzt leben

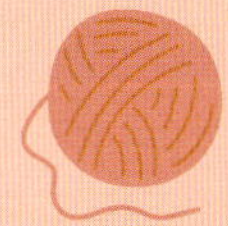

Überall findet sich etwas zum Freuen, Lernen und Tun.

Johann Wolfgang von Goethe

Glück ist ein Entschluss.

René Descartes

Wohlfühlrezept: Zeit für dich

Versuche doch einmal, dir bewusst Termine für Me-Time-Momente zu setzen und in deinen Kalender einzutragen. Vielleicht kannst du auch einen gewissen Rhythmus für deine Lieblingsbeschäftigungen etablieren: für die tägliche Lesestunde, den Spaziergang, für Yoga-Einheiten oder einfach nur, um dich aufs Sofa zu kuscheln und vor dich hin zu träumen.

Carpe diem –

nutze die Zeit
für Dinge,
die dein Herz
reicher machen!

Schwing dich
aus allem heraus,
was dich beengt!
Bettina von Arnim

Wahres
Glück liegt
im Genuss.
François de
la Rochefoucauld

Wohlfühlrezept: Meine Genuss-Liste

Stell dir die Top 10 deiner Lieblingsbeschäftigungen zusammen. Was fällt dir als Erstes ein? Wann auch immer du ein bisschen Zeit hast, greife auf einen Punkt deiner Liste zurück. So tauschst du verlorene Zeit gegen besonders wertvolle Genuss-Momente.

Leben heißt genießen.

Friedrich Halm

Welchen Wohlfühlmoment hast du heute erlebt?

DASS UNS EINE SACHE FEHLT,
SOLLTE UNS NICHT DAVON ABHALTEN,
ALLES ANDERE ZU GENIESSEN.
Jane Austen

Die Glückseligkeit
scheint in der Muße
zu bestehen.

Aristoteles

Durchatmen in der Natur

Wenn du in der Natur bist, höre doch
einmal ganz bewusst auf die Laute,
die zu dir dringen.
Schließe die Augen und lass Ruhe
und Gelassenheit einkehren.

Wir lagen auf der Wiese
und baumelten mit der Seele.
Kurt Tucholsky

Positiv denken und an sich glauben

Dieser positive Gedanke kann dabei helfen,
im Leben mehr Gelassenheit walten zu lassen:
**Ich habe es bis hierher geschafft,
und ich vertraue darauf, dass ich
weiterhin meinen eigenen Weg gehe.**

Liebst du
das Leben,
dann verschwende
keine Zeit.
Euripides

Gelassenheit ist eine anmutige Form des Selbstbewusstseins.

Marie von Ebner-Eschenbach

Die Freude
steckt nicht
in den Dingen,
sondern im
Innersten
unserer Seele.
Thérèse von Lisieux

Was Glück BEDEUTET:

+ Gemeinsam zu lachen

+ Sich für etwas begeistern zu können

+ Das zu tun, was man mag

+ An schöne Dinge zu denken

+ Zeit mit lieben Menschen zu verbringen

Finde Dinge,
die leuchten, und
suche ihre Nähe.

Mia Farrow

Niemand ist perfekt –

aber jeder ist
auf seine Art
etwas ganz
Besonderes.

Hab Geduld mit allen Dingen, aber besonders mit dir selbst.
Franz von Sales

Die Erinnerung
ist das Parfüm
der Seele.
Lord John Russell

Wohlfühlrezept: 5-Minuten-Tagebuch

Mit einem kleinen Trick kannst du die schönsten Momente des Tages auch nach längerer Zeit immer wieder aufleben lassen. Notiere jeden Abend kurz all das, was dir an dem Tag besonders gefallen hat, in ein kleines Buch. So rückst du die schönen, auf den ersten Blick unscheinbaren Momente ins Rampenlicht und kannst dich lange daran erfreuen und deine Wohlfühlzeit beim Durchblättern des Tagebuchs zurückgewinnen.

Schreibe …
… denn deine Welt ist voller Geschichten!

DENN WAS WIR NICHT AUFSCHREIBEN,
BLEIBT OFT IN UNSEREM GEFÜHL
ZIEMLICH UNBESTIMMT.

Anaïs Nin

Verleihe deiner Fantasie Flügel …

… und versuche, mal wieder Kind zu sein – denn die kindliche Vorstellungskraft kennt keine Grenzen. Warum also nicht mal tagträumen, sich Geschichten ausdenken, ganz freie Bilder malen oder etwas anderes Kreatives ausprobieren? Nicht das Ergebnis zählt, sondern dass man den Kopf einmal so richtig durchlüften und sich einer Tätigkeit ganz spielerisch hingeben kann.

Man muss zeitlebens
so sehen können,
wie man als Kind
die Welt sah.

Henri Matisse

DASS DIE LIEBE ALLES IST, IST ALLES,
WAS WIR VON IHR WISSEN.
Emily Dickinson

Wann hast du
das letzte Mal
jemandem gesagt,

dass du ihn liebst?

Zu Fuß unterwegs

Lass dich treiben – durch die Straßen,
die Natur, durch Wald und Wiese.
Und wenn es einen Ort gibt, der dir
besonders gefällt, dann gönne dir die Zeit,
dort zu verweilen.
So kommst du auf deinen Streifzügen
zur Ruhe und zu dir selbst.

Die Zeit liegt immer vor uns.
Aus Finnland

Uns gehört nur die Stunde.
Und eine Stunde,
wenn sie glücklich ist, ist viel.

Theodor Fontane

Noch mehr Glücksmomente:

ISBN 978-3-8458-4220-2

ISBN 978-3-8458-4153-3

ISBN 978-3-8458-4326-1

Mehr Infos zu den Büchern finden Sie unter
www.arsedition.de
Newsletter abonnieren:
www.arsedition.de/newsletter

Geschenke mit Herz

arsEdition
... bringt Freude

Bildnachweis:
Covermotiv: mcherevan / Shutterstock.com, Gisenyah / Shutterstock.com, V_ctoria / Shutterstock.com
Fotos Innenteil: Getty Images: S. 3: Boonyachoat, S. 4: lola1960, S. 7, 50, 82: puhimec, S. 8: BrianAJackson, S. 10, 68: Rike_, S. 11: Johanna Svennberg, S. 12, 64: Jelena990, S. 15: momnoi, S. 16: Matthias Lindner, S. 17: Daniela Baumann, S. 19: Iuliia Zavalishina, S. 20: NataliaMills, S. 21: Doucefleur, S. 22, 67: azgek, S. 24: golfcphoto, S. 25: Svetlanais, S. 28: Polina Lebed, S. 31: Zhan Joseph, S. 33: HasseChr, S. 36: sarahdoow, S. 39:Drepicter, S. 40: Eleonora Grigorjeva, S. 43: Dannko, S. 46, 54: kozorog, S. 47: Mariia Skovpen, S. 48: Mikhail Shulpin, S. 52: Maryna Andriichenko, S. 53: Gaschwald, S. 56: yavdat, S. 58: Bogdan Kurylo, S. 60: Jeffrey Lee, S. 62: frentusha, S. 63: KariHoglund, S. 65: Olga Gillmeister, S. 69: Alan Currie, S. 71: Mumemories, S. 73: DisobeyArt, S. 76: Booblgum, S. 77, 101: Azaliya, S. 79: CreativeNature_nl, S. 80: ValdisO, S. 84: Galina Sandalova, S. 95: Johny Kristensen, S. 87: Angela Kotsell, S. 89: Artem Kniaz, S. 91: in4mal, S. 93: DavidPrahl, S. 95: Alina Rosanova, S. 96: Olha Birieva, S. 97: Chainarong Prasertthai, S. 99: Khongtham, S. 101: isigor, S. 104: wmaster890, S. 105: Eefje Verbeek;
S. 88: Eberhard Grossgastaiger / Unsplash
Mehrfachverwendung Hintergründe und Vignetten: Getty Images: Betelgejze, BOTOBOX, Ekaterina Romanova, oixxo, Tatiana_Kuzmina, Ksenia Zvezdina, stournsaeh, Alisa Zahoruiko, Aleksandra Kaluzhina, TatianaMagoyan, Diana Rebenciuc; www.Shutterstock.com: mcherevan, Gisenyah, V_ctoria, MiniDoodle

Covergestaltung: Grafisches Atelier, arsEdition GmbH
Gestaltung Innenteil: Christin Bussemas Ampersand loves

1. Auflage
ISBN 978-3-8458-4353-7

www.arsedition.de

MIX
Papier aus verantwortungsvollen Quellen
FSC® C020056